Carlantonio Rossi

Discorso sul colera-morbo di Rodi

Antigonos

Carlantonio Rossi

Discorso sul colera-morbo di Rodi

Ristampa immutata dell'edizione originale del 1836.

1ª edizione 2024 | ISBN: 978-3-38667-035-7

Antigonos Verlag è un marchio della Outlook Verlagsgesellschaft mbH.

Verlag (Editore): Outlook Verlag GmbH, Zeilweg 44, 60439 Frankfurt, Deutschland
Vertretungsberechtigt (Rappresentante autorizzato): E. Roepke, Zeilweg 44, 60439 Frankfurt, Deutschland
Druck (Tipografia): Libri Plureos GmbH, Friedensallee 273, 22763 Hamburg, Deutschland

DISCORSO

DEL MEDICO

CARLANTONIO ROSSI

SUL

COLERA-MORBO

di Rodi sua Patria

A' SUOI COLLEGHI DEL REGNO

———◦○◦———

FOGGIA

Pei Tipi di Giacomo Russo

1836.

Laboravi in gemitu meo.

Dav. psal. 6.

Miei Amatissimi Colleghi

La nuvola struggitrice provveniente dalle asiatiche sponde apparve pur anco ne' dì camminanti del decorso Settembre sul fosco orizzonte della infelice mia Patria.

Io vidi con questi occhi, ancora lagrimanti, come una mano tiranna faceva ruotare la falce di sua spietata morte sul collo umiliato de' miei più cari concittadini, e parenti.

Descrivo già il *Cholera - Morbus* sterminatore, di cui moltissime erudite penne pinsero il quadro vivo, e compassionevole. Valga però il vero: altro è il trovarlo scritto sul libro, altro l'osservarlo sul letto. Oh! quanti altri fenomeni colerici furono da me marcati e sul mio individuo, poichè ne venne colpito, e sopra di molti infermi da me curati.

Lungi dall'esporre bizzarre teorie, confesserò in vece i miei giovanili errori, addittandovi in pari tempo le mie profonde osservazioni, e ciò che ò ritrovato utile sotto l' influsso del mio Cielo natio, e vi dirò col Baglivi *Romae scribo, et in aere Romano.*

Non ho creduto fare del Colera le solite divisioni in quattro stadj, per non ripetere ciò che altri Scrittori valenti hanno scritto ne' trascorsi anni.

I.

NATURA DEL MORBO.

Pochissimo dirò su di un tale articolo, poichè il Dot: Broussais ne ha parlato maestrevolmente, e la sezione cadaverica qui in Rodi l' ha dimostrato. Il *Colera* consiste nella vera gastro - enteritide, la quale immantinente si sviluppa, e propaga per tutta la massa degl' intestini. Dunque la sua diatesi è iperstenica; dunque il suo metodo curativo deve essere il contro - stimolante. I fatti lo han dimostrato, e bisogna chinarne il capo. (1)

Fatto è pure quello che io designerò, o miei Colleghi, fatto ricavato da reiterati esperimenti, la di cui esperienza mi fa dire che il *Cholera Morbus,* prima d' invadere l' idividuo, lo avverte. Sentitene i segni, e la cura.

---

(1) La sezione cadaverica, oltre di aver offerte delle sicure marche flogistiche, ha pure dimostrato un ingrossamento nel Fegato con notabile infiammo della Cistifellea.

II.

AVVISO DEL COLERA (1)

Incomincia un certo mal'essere a predominare l'individuo, che a poco a poco rendesi cogitabondo, pallido, e svogliato per li consueti suoi uffizj. L'appetito non perdesi, ma nelle ore digestive avverte una isolita sensazione di sete, e verso le serotine gli duole il capo : ne segue' l'insomnio. Dopo varj giorni s'incomincia ad avvertire un senso di peso, più o meno sopportabile, nella regione gastrica, che produce delle vampe calorifiche sulla faccia, accrescendo nelle ore notturne il dolor di testa, e la sete. Continua intanto l'appetito, e l'incauto essere introduce ancor cibo nello stomaco ; allora il ventre si fa stittico, l'addome borbotta, e rendesi alquanto tesa negli ippocondrj, ed in quello epatico n'è sensibile l'innalzamento di temperatura, specialmente ne' biliosi di temperamento. Volendosi evacuare le fecce dall'individuo avvisato, con istenti se ne cacciano delle pochissime, le quali sono secche, o submolli, miste a bile densa, di color verdognolo, striate di filamenti mocciosi e

---

(1) Rassomiglia *l'avviso colerico* a quella ignea scintilla, che essendo ricoperta da molto cenere, e lentamente propagando i suoi gradi di combustibilità, perviene in fine a dare sviluppo a formidabile, e distruttore incendio, quante volte con prestezza non si arrestino i suoi progressi ingannevoli.

viscidi, con alle volte de' vermini. Le urine sono abbondanti, ma pallide.

Circa il treno de' segni da me riferito nel quadro dell' *avviso colerico*, credo sottomettere alle vostre vedute, o miei cari, le seguenti riflessioni.

1. La sensazione della fame, che avvertesi in questo periodo, e che non si perde, io la fo derivare dalla invertita qualitá de' succhi gastrici, i quali senza dubbio vengono alterati nella loro crasi dal principio venefico del morbo, già in allora inquinato nel sangue per vie fin' ora a noi realmente ignote.

2. La sete delle ore digestive debbe senz' altro provvenire dalle vivande non bene chimificate, le quali, per potersi rendere meno irritabili, han bisogno di molto fluido; senza omettere che questa molesta sensazione può esser cagionata da una quantità di bile già resa arsenicale (al dir degli antichi) la quale deve certamente stimolarne la mocciosa, richiamarne maggior afflusso umorale, accrescerne la vitalità, d'onde poi ne deriva l'infiammo; ed io porto opinione che il *Principio Colerico elementare*, prima di attaccare la mocciosa gastro - enterica, vada in sulle prime a spiegare la sua deleteria azione sulla bile Cistico - - Epatica; deleteria azione che produce, a mio credere, quel marcato innalzamento di temperatura nella regione del fegato da me sofferto, ed in altri osservato. Mi si permetta pure il dire che quella bile già avvelenata in questo viscere, e nella Cistifellea, dietro un processo chimico - vitale, appena sboccata negl' intestini, inco-

mincia colla sua presenza ad alterarne le funzioni, ed a produrne le su già indicate funestissime conseguenze, dopo che l'individuo avrá esposto il suo fisico alle note cagioni occasionali del *Colera*. Dico funestissime conseguenze, poichè questa malattia istantaneamente, allorchè assale l'uomo, lo uccide, cosa che non si avvera in altre malattie infiammatorie. Di fatti.

3. Essendo così, io chiamo il *Colera, Gastro-Enteritide sui generis*. Lo è *sui generis*, da poichè rifletto al modo con cui quello fulminante suol distruggere la vita, anco alle volte nel corso di sette ore, cinque, e forse in minor tempo. Ed è sorprendente, anzi incomprensibile l'ammirare come un giovine di erculea statura, e robustezza possa in pochi istanti assumere la figura di un misero vecchierello, tutto consunto, ed attratto, appena colpito dal morbo ferale; e pare in quell'atto tormentoso che il tubo intestinale del malato addivenga un lambicco, in cui precipitosamente si distillano e gli umori tutti del suo corpo, e la pinguedine; anzi io credo che l'osseo tessuto de' colerici gravissimi sia pur decomposto in parte, ed ammollito, e quel materiale denso - fluido albuminoso che cacciano dal retto, altro non sia che siero del sangue, misto a grande quantità di fosfato calcareo, principio, come voi sapete, componente le ossa.

4. Non si può dire con asseveranza che la presta morte de' Colerici sia l'effetto di una infiammagione intensa, sostenuta, e prodotta da un temperamento fervido - eccitabile, dietro cagioni coevalenti preagite, poichè io ho visto morire di questo terribile ma

lanno ancora quei di temperamento flemmatici, o ma-
lanconici, senza che cause energiche, e manifeste a-
vessero circondato quell' essere.

5. La Polmonia, la Pleurisia vera, la Epatiti-
de ec. sono queste malattie infiammatorie conosciutis-
sime, sopra di cui non cade quistione alcuna, e per
quanto io abbia appreso dalla mia esperienza giova-
nile, e dalla lettura de' Codici della nostra professione; e particolarmente dalla sentenza del Vecchio di
Coo, queste indicate malattie (replico) hanno i loro
giorni critici, o giudicatorj; e se non altro, almeno spaziano al Medico la strada, mercè la quale si
propinano al malato i conosciuti rimedj. Ora se il *Colera - Morbo* è una malattia infiammatoria, perchè
dunque non serba le Leggi istesse delle altre malattie di simil conio? Perchè dunque appena colpito un
misero dal Colera fulminante tosto perde la vita
con sommo stupore del Medico?

6. Miei colleghi (ed è la 6. riflessione, per fi-
nirla) si è osservato che in tutte le regioni, ove questo morbo ha predominato, si sono praticati metodi cu-
rativi diversi non solo, ma opposti tra essi, sempre
però corrispondenti ai medesimi negativi effetti.

Io lo confesso: il *Colera - Morbus* è un mistero.

III.

Taluni lodevoli curiosi mi dimandano: colui,

che soffre *l' avviso del Colera* à nel sangue il *prin-cipio elementare colerico?* Con pochissime parole ri-spondo, o miei colleghi, ad un tale quesito.

Sì certamente. L' avviso del Colera non lo fo con-sistere in altro, se non nel *principio della fermen-tazione morbosa.*

È questo il mio sentimento. *Dicat quod quisque sentiat, sunt enim judicia libera.* Badate ora al-la cura.

Se l' individuo sarà pletorico, si farà un salas-so generale; se sarà emorroidario, si farà il salasso locale colle cacciasangue.

Si sospenderà ogni vitto, e specialmente quello animale; si guarderà il letto per più giorni, serban-do in pari tempo la massima quietezza di animo.

La bevanda sia fresco - subacida, e ciò nel pri-mo giorno. Nel secondo poi si prenderà un lieve vo-mitorio, o pure un purgativo eccobrotico, a seconda del bisogno, che riconoscer dovrà un accorto profes-sore. Giovano pure i miti sudoriferi.

Nel mio Paese, tutti quelli che avvertirono l' av-viso del Colera, tutti guarirono, dietro il su esposto semplicissimo metodo, e tutti quei che l' omisero, dopo pochi giorni passarono nel periodo della

IV.

DIARREA COLERICA

L' individuo avvisato tosto cade in una considerevole lassezza. Il capo gli duole, il volto si assottiglia, gli occhi s'infossano nelle orbite, offrendosi la congiuntiva striata di sangue. La lingua si covre di un velo bianco - denso, o giallognolo; amaro è il sapore della bocca : sete. Peso allo stomaco, e gastrodinia, o pirosi. Borbottamento addominale incommodoso, avvertito fin'anco dagli astanti. Dolori vaghi per questa sede, ed alle volte fissi all'ombelico; quindi diarrea di bile per lo più di color verde cupo, o di quello del succo della parietaria, o del colore del bronzo. Si è bene spesso osservato esservi misto un materiale fioccoso biancognolo, o simile alla rasura del sapone veneto, senza escludervi in taluni la complicazione verminosa. Avvertesi in altri di nervoso temperamento un senso di fresco per la colonna vertebrale, ed a me incominciava dal vertice del capo, seguiva i lombi, e percorrevami lungo la sede degli sciatici. In altri si fanno pesanti le gambe, e si avverte alle volte un senso di vento per gli orecchi. Tutti poi sono tormentati da inquietezza ; dal timore di morire, e specialmente se sono Padri, e Madri di famiglia. (1) I polsi sono sempre sottili, ed irregolari.

------

(1) Alcuni di questi diarroici soffrivano pure i crampi alle mani, ed alle gambe.

Si metta in letto il malato, il quale deve assolutamente soffrire un largo salasso, e specialmente se sarà sanguigno di temperamento. Se duolegli lo stomaco, gli si applicherà una corona di mignatte in quella regione. Se vi sarà soppressione di consuete sanguigne evacauzioni, le sanguisughe si metteranno a' vasi sedali corrispondenti.

In quei debolucci, e di fibra languida mi sono servito del solo piediluvio, e dell' applicazione delle cacciasangue. Quindi, se la lingua sarà velata, ed amaro sarà il sapore della bocca, potrà darsi il vomitivo di radice d' Ippecacuana, dopo del di cui effetto si potranno dare delle bibite moderate di bevande subacide, come sono le limonee, o quelle mucillagginose, come la decozione di altea, di orzo, o quelle de' semi freddi.

Le su indicate bevande dovranno darsi epicraticamente, e non a larghe bibite, poichè ho veduto precipitare qualche infermo in una diarrea incoercibile dietro lo smodato abuso di queste bevande. Io lo replico, debbono esse amministrarsi spesso, ma con somma moderazione. Si puole benanche usare della neve a pezzetti deglutita, la quale ha giovato moltissimo. In ciò bisogna sperimentare la sopportabilità dello stomaco del malato.

Nel dì seguente si deviene al purgante, ed ecco qual norma conviene tenersi. Se la diarrea sará di uno, due, o tre giorni, e l' infermo non sarà

troppo debilitato, converrà dargli il Cremor di Tartaro, o l'Antacido Inglese allungato in competente
dose (p. e.) di ℥vj di emulsione di semi freddi facendo
tracannarla al malato istesso poco a poco. Se poi la
diarrea sarà di cinque, sei, sette, o di più giorni,
allora non convengono i purganti in forma umida
quì sopra descritti, ma sì bene dovrà darsi quello in
forma secca, cioè il Mercurio dolce combinato alla
polvere di scialappa con qualche dose di zucchero.
Questo purgativo io l'ho sperimentato miracoloso tanto in me, quanto in altri diarroici. E con ragione
i Medici Inglesi lo han tanto decantato.

Nel giorno in cui ho dato il Mercurio dolce, così combinato, non ho fatto bere limonee, ma invece qualche coppa della decozione di riso, o di orzo
o di altea, o di malva etc.

Quando i malati di colerica diarrea non accu-
savano dolore, o bruciore allo stomaco, e la lingua
era impaniata col sapore amaro, o nauseoso della
bocca, in allora ho praticato con successo la soluzione del Tartaro stibiato o nell'acqua di orzo, o
in quella distillata de' fiori di sambuco, edulcorata
dallo Siroppo delle Viole Mammole. I suoi effetti sono sicuri, e perciò debbesi dare senza tema veruna.

Se il Tartaro Stibiato produrrà il vomito di bile
verde, o come il succo della Parietaria, converrà
praticarlo benanche nel giorno seguente, sino a che
nello stomaco non · rimanga traccia di biliosa collu-
vie. Io l'ho sperimentato in moltissimi malati, e mi
sono ritrovato contento di averlo somministrato.

Se a malgrado un tal rimedio, non si conoscesse poi miglioria, e segnatamente se la pelle continuasse ad esser arida, e la temperatura innalzata, in allora potrà praticarsi con sicurissimo effetto il bagno moderatamente fresco; ed io in molti casi l' ho fatto replicare due, o tre volte nel corso delle ore ventiquattro. Se poi la pelle, dietro l'uso della soluzione stibiata, si mostrerà vaporosa, ed i polsi saranno ondosi, e superiori, in quel caso conviene darsi nelle ore della notte il Nitro Stibiato diluto, o nella decozione de' fiori di Sambuco, o in quella di Camomilla, o di Orzo; dato sempre a riprese. E seguendo così le naturali inclinazioni, oh! come io mi sono trovato contento delle indicazioni de' rimedj praticati con questa norma. La natura è la nostra maestra, e noi Medici, che ne siamo gl' interpreti, dobbiamo secondarla colla scorta della ragione, e della osservazione, e non irritarla colla prevenzione de' sistemi, e co' precipitati giudizj; e l' istruito Baglivi ce ne porge la sentenza, allorchè così incomincia nella sua aurea Opera de Praxi Medica.

» *Medicus naturae Minister, et Interpres,*
» *quicquid meditatur, et faciat, si naturae non*
» *obtemperat, naturae non imperat* . . . .

Se i materiali che si eliminano per secesso sono scottanti, conviene raccomandare l' uso de' clisteri o di semplice acqua di fontana fresca, o pure, e sarà migliore, della decozione di Riso, o di Malva, o di Altea etc. (1)

———

(1) Se vi sarà la complicazione verminosa, si possono praticare quelli di assa fetida col Latte Caprino.

Con questo metodo semplicissimo io ho curato, e guarito numero immenso di diarroici.

Quante volte poi, ed è materia di fatti, l' uomo diarroico si è beffato del suo flusso ventrale (facendola da bravo) si è visto certamente nel periodo del

V.

COLERA GRAVE (*)

Guardate, o miei cari Colleghi, quell' uomo che poc' anzi sprezzando la diarrea Colerica, si gittò fra le compiacenze di Venere, facendosi un pregio di abbeverarsi di vino, e di tracannar vivande da ghiottone, miratelo, egli vi desta tutta la compassione. Di cupo cenere é il colore del suo volto, drizzati ha i suoi capelli, increspate le sopracciglia, che riunite quasi ad angolo sono erte verso il fronte, che rugoso si vede. Infossati, ed impiccioliti sono gli occhi suoi nelle orbite, circondate da semicerchi sublividi. I ponti zigomatici sono prominenti sopra le gote concave, ed ammiserite, assottigliato il naso colla sua punta rilucente, mentre le sue pinne sono quasi tra esse aderite, e lividi sono i labbri suoi, increspato il mento. Offre la fisonomia della sventura, e del dispiaciamento. Povero disgraziato, come si dimena per lo letto! ma che! egli già vomita bile or verde, or nerognola, ora mista a vermini, ed ora caccia un fluido come l' acqua di riso cospersa di fiori albuminosi, ed è nel tempo istesso diarroico. Osserviamo i materiali di una tale diar-

(*) *o morte sul dorso*

rea : sono come quelli che si cacciano col vomito, ma spargono un fetore cadaverico. Non espelle orine, si querela di un peso insopportabile alla vessica. di tormentosi crampi alle mani, ed a' piedi ; ma i suoi lamenti poco si avvertono per esserne fioca la voce. La lingua è umida, ma velata, ed a misura che vomita, e va di corpo, si prostraggono le sue forze, la sete è insoffribile, il corpo suo è di ghiaccio, ed un viscoso sudore lo ricopre da per tutto. Le dita delle mani, e de' piedi si son fatte rugose, essendo ben' anche sublivide al pari delle unghie. L'affanno è mortale, ed i carpi sono aritmi. (1) Apprestiamogli il nostro ajuto.

VI.

METODO CURATIVO DEL COLERA GRAVE

Prestamente si faccia un lungo salasso dalla vena del braccio, eseguito con larga ferita, e si ripeta dopo una mezz'ora: contemporaneamente gli si applichino delle mignatte in grandissimo numero sullo stomaco. Riesce più facile però l'applicazione delle coppe scarificate anche in questa sede. Si divenga all'uso della neve : ma come gli sederemo il vomito, e la diarrea ? Cosa diremo dello specifico del Devil-

------

(1) In taluni i polsi appena sono percettibili sotto una lunga pressione fatta sulle radiali.

le , detto *Specifico Anticoleroso per eccellenza?*
Ecco il vero risultato della mia esperienza. Quando
il colerico non accusa nè dolore , nè bruciore allo
stomaco , e la sete non è smodata , allora lo specifico del Deville giova sicurissimamente , ma se vi sono gli accennati sintomi , fa d' uopo astenersene ; ed
io credo che il prelodato Dot. abbia dovuto serbare
questa pratica.

Io parlo , e scrivo nel mio Paese.

Per sedare il vomito mi sono servito ancora dello Estratto di Giusquiamo disciolto nella emulsione di
Gomma Arabica , ma non mi ha corrisposto a seconda de' miei desiderj. Potrebbe questo rimedio sotto altro clima essere più giovevole. Il migliore , anzi il
più efficace soccorso che si potesse dare al malato di
Colera , è l' immersione nell' acqua fredda. Il bagno
ha prodotto effetti immediati, e lusinghieri, ed il Professore non sa come meglio encomiarlo. Io ho visto
che i malati freddi come al ghiaccio , immersi nel-
l' acqua fredda , non volevano mai uscirne , se i parenti non ve l' avessero sottratti; e quell' acqua ch' e-
ra fredda , dopo pochi minuti si riscaldava , e sor-
geva la necessità di aggiungervi altr' acqua fredda. (1)
Mentre si farà replicare il bagno così fatto nelle va-
rie ore del giorno, si diviene all' uso della radice
d' Ippecacuana , la quale mi è riuscita di profitto dan-

---

(1) Il tempo , che deve occuparsi pel bagno sarà a seconda della sopportabilità del Colerico.

do di essa in ogni quindici minuti granelli dieci. (1) La soluzione del Tartaro Stibiato io l'ho somministrata in due soli casi, cioè nelle persone del Signor Antonio Mastrojorio, e del Sig. Nicola Fusilli estinti, a' quali, sebbene non mi davano speranza di guarigione, pure, lo confesso, à prodotto del danno. A questo errore mi sono tosto sottratto, e vi raccomando, o miei colleghi, ad esser preveggenti (come già siete) trattandosi di un tal rimedio. Non vi fate deludere da qualche bell'adornata teoria, figlia d'immatura osservazione, e madre feconda d'innumerevoli errori; vi assicuro, risparmierete molte vittime alla vostra coscienza, o almeno donerete qualche altro giorno di vita a' vostri sgraziati infermi.

L'infuso della Digitale purpurea da me dato a Pochi malati mi ha prodotto lodevole effetto; ma non ho potuto proseguirne altre osservazioni, poichè fui colpito dal Colera. Il Dot. Angelicchio, che poi trapassò, me ne diceva delle buone cose.

Dopo che si sarà sedato il vomito, e l'infermo darà almeno un certo tempo per poter ritenere qualche sostanza nello stomaco, si diverrà all'uso del purgativo di Mercurio dolce, il quale è un rimedio che io predicherò sempre pol più efficace, e specialmente se il malato sarà molto estenuato, nel di cui caso bisogna guardarsi bene de' purganti in forma u-

----

(1) La radice emetica io l'ho fatta continuare sino a che produceva il vomito di bile verde, o di color porraceo.

mida. I materiali di bile acre di varj colori che cacciano i colerici sogliono produrre de' dolori insoffribili nell'interno del retto ed ancora scottano le adjacenze dell'ano. In quel caso si debbono praticare le injezioni di acque muccilaginose fresche di latte semplice misto all'acqua comune: essendovi vermini si possono fare di Gomma fetida. Il bagno aromatico solleva per qualche istante il malato semplicemente da' crampi, ma pel resto produce funestissime conseguenze, e perciò io l'ho proscritto dalla mia pratica.

La tintura de' Cantaridi per frizioni, le frizioni a secco fatte con panni di lana bagnati ad Alcool canforato ec. sono semplicemente giovevoli fino a che si praticano: appena che l'assistente cessa l'operazione, l'infermo incomincia di bel nuovo a dolersi.

Cosa dirò de' senapismi? Non fanno nè bene, nè male. Quando il Medico è giunto a commendarli, il malato è quasi morto.

Osservazioni.

L'acqua coobata del Lauro Ceraso si potrebbe dare, attesa la natura del colera, la quale, come dissi, consiste nella Gastro - Enteritide sui generis. A mali di accresciuta vitalità giovano i rimedj che ne minorano l'eccesso; ma il Colera è malattia di accresciuta vitalità, dunque l'acqua del Lauro Ceraso, qual rimedio che ne minora l'eccesso, giova senz'altro. Il silogismo è chiarissimo, e tutto va bene: il fatto peró parmi abbia dimostrato il contrario. L' acqua coobata non ha prodotta lodevoli effetti, e degli infermi, a cui si è voluto da me apprestare, sono periti. Forsi non ho saputo ordinarla ; sarà così !.... Dico però che trattandosi di rimedj , di cui non si veggono effetti evidenti , non debbono essi affatto usarsi , perchè *si tratta di vita , e 'l Cholera · Morbus* è un cane che sempre morde.

Il Castoreo , la Canfora , il Sal volatile di cor no di Cervo, il Muschio, la Valeriana, il Chinino ec. possono essi darsi a' Colerici nello stadio *di Algidismo* ? Questi rimedj non debbono assolutamente ordinarsi. La ragione , l' osservazione, l' esperienza , e la natura del morbo , parlando a' Medici , dicono che sarebbe miglior cosa passare con un pugnale il cuore de' colerici , anzichè far loro tracannare detti rimedj, i quali non farebbero altro se non accrescere la intensità de' tormenti, e quindi abbrevierebbero ad essi la misera esistenza.

Parlerei dell' Acetato di Morfina, se avessi tempo! ..

Ho parlato fin' ora , o miei cari , del metodo curativo del Colera grave, ed io ho scritto quanto ho visto , ed osservato quì in Rodi mia Patria. Vengo frattanto alla enarrazione di due casi pratici , il primo de' quali è stato da me trattato col metodo eccitante , e me ne sono tosto pentito, sebbene si fosse trattato , come sentirete, di colera fulminante.

Nel giorno 16 di Settembre (primo di malattia) a circa le ore 20. fui richiesto in Casa di Lucia Mu-

scis, la quale attentamente fu da me osservata, ed i seguenti sintomi la circondavano. Somma prostrazione di
forze, freddo marmoreo per tutto l' ambito cutaneo, polsi mancanti, sudori freddi pel fronte, fisonomia tetra, e
scoraggiante; gli occhi infossati nelle orbite, e la
congiuntiva striata di sangue, palpebre semiaperte,
sublivide; irrequietezza, affanno, singhiozzi; crampi
dolorosi per le gambe, i quali cruciavano la malata,
che godeva l' anno quarantesimo di sua vita, era di
temperamento sanguigno e madre di molti figli.

Questo treno imponente di sintomi richiamò
in me somma attenzione, ed affezione verso la infelice, e per quanto potei, in mezzo a' pianti, ed alla confusione de' parenti, raccolsi dalla inferma ch' essa soffriva un dolore allo stomaco, che si accresceva
sotto la pressione, calore internamente pel tubo intestinale, il quale borbottava bene spesso. La sgraziata
allora mi rispondeva, lo eseguiva a stento, ed offri-
vami fioca la voce; ma tra le altre cose, che la ves-
savano, si querelava de' crampi, e così si esprimeva
» io mi sento come se una palla di ferro mi ser-
» peggiasse per le gambe » mostrandomele con premura, ed io vedeva come i muscoli delle gambe si ag-
gomitolavano sopra essi stessi, come se i di loro ten-
dini si fossero spezzati, o staccati dalle prominenze
ossee, alle quali aderite già erano. Dalle figlie poi,
e dagli astanti mi si disse che nelle ore tredici dello
stesso giorno, nell' atto la inferma in parola fruiva
bene la salute, (ad eccezione della diarrea modera-
a che soffriva da più giorni) le si sciolse precipito-

samente il ventre; che evacuò materiali biliosi misti ad altri configurati, e pultacei; che cadde vertiginosa; che la diarrea si alternò col vomito, ora di bile, ora di materiali mocciosi subacidi; che i dolori erano sempre insoffribili allo stomaco, ed il singhiozzo precedeva sempre il vomito. Le facoltà intellettuali eran libere, umida ed impaniata n'era la lingua.

Dopo di questo esame passai alla investigazione delle cause, le quali diedero sviluppo alla malattia: mi si accertò da una di lei figlia che nel giorno precedente, e dopo che sua madre erasi defaticata a lavare i panni, si portò in un Orto, ove raccolse de' pomidori riscaldati dal Sole, che mangiò col pane, bevendo dopo della molt' acqua.

Il metodo di cura da me praticato fu il seguente. I primi sintomi imponenti da me presi di mira furono l'algidismo, la cardialgia, ed il vomito. Mi vidi in un trambusto di cose; lo confesso però, praticai internamente la soluzione di gomma arabica coll'estratto di Giusquiamo edulcorata dallo sciroppo di Altea, dandola epicraticamente. Esternamente frecaggioni di Alcool canforata. Dopo di aver raccomandato agli assistenti la somma nettezza de' panni lini, e quanto altro era convenevole, mi congedai.

Alle ore 22 dello stesso giorno ritornai a visitare la malata, e ritrovai frenato il vomito, e la diarrea, ed i sudori freddi; mentre tutti gli altri sintomi erano come nelle ore 20. Feci continuare l'istessa medela colla aggiunzione del bagno aromatico.

Alle ore due della notte l'algidismo minorato, i polsi appena percettibili, e le carotidi pulsavano languidamente. La misera mi disse che le strofinazioni, ed il bagno le apportavano del sollievo, e non si doleva de' crambi, come nel giorno. Nel corso della notte feci continuare l'istesso trattamento.

Ad ore 12 Del giorno 18 ('secondo di malattia, e secondo di medica assistenza) rinvenni l'inferma sitibonda, affannosa oltre modo, cresciuto l'algidismo, fin' anche nella lingua, polsi aritmi, borborigmi, mancanza totale di orine con peso insopportabile alla vessica; sospiri, singhiozzi, lamenti emanavano dal suo torace. Commendai una carica decozione di Thè, un altro bagno, e mi congedai, facendola munire del Sagramento Estremo.

Alle ore 14 ritrovai esistenti tutt' i sintomi delle ore 12, ad eccezione dell' algidismo, che si era già minorato, ma l' affanno accresciuto. Altro bagno aromatico.

Alle ore 17, dopo che l'inferma fu immersa nel bagno, tutti i sintomi si aumentarono, quindi ne surse l'agonia; l'inferma era avvolta trà panni di lana, quando mi disse che ivi trovava del sollievo, e così dicendo fra le angosciose categorie del terribile malanno cessò di vivere la misera sua vita.

Questa fu la prima inferma di Colera curata da me col metodo riscaldante, ed io insensato mi feci deludere dal raffreddore del suo corpo, senza riflettere alla sete inestinguibile. Ho errato, e merito rimproveri. Il Colera però della Mascis fu il fulminante.

Nicola Caropreso Eremita di S. Maria della Libera di anni 20, di temperamento sanguigno, di buon abito di corpo, di statura alta, nell'atto sprezzò *l'avviso del Colera*, e la diarrea Colerica, fu assalito nel giorno 18 Settembre dal colera grave verso le ore 22. Fui richiesto in suo ajuto, e lo ritrovai così. Prostrato di forze pel vomito, e per diarrea sofferta di materiali simili alla decozione del riso senza putore. Il volto offriva il massimo avvilimento. Lo sguardo era fisso, gli occhi sprofondati nelle orbite, e le sopracciglia arcuate inegualmente; era sublivido il colore della sua faccia. Le pinne del naso divaricate; le guance comparivano due conche su cui lussureggiavano i ponti zigomatici; le orecchie avean perdute la loro flessibilità; le labbra aride, e livide, il mento rugoso; un viscoso sudore gli covriva tutto il corpo; preso da completa cianosi, e da raffreddore marmoreo. La voce era fioca, profonda, e scoraggiante; lo stomaco, e la pancia dolevangli. Il respiro affannoso, ed impedito alquanto con qualche sospiro, mentre poi la lingua era umida, ma velata di bianca patina. La sete era inestinguibile, e de' polsi, il solo sinistro appena si rendeva percettibile, il destro aritmo; crampi, e mortale affanno.

Le cagioni preagite furono, soppressione del traspirabile verso una corrente di aria fredda, dopo aver mangiato del pesce a zuppa, e fichi neri; vino bevuto in gran copia; ira repressa.

Il metodo di cura fu il seguente. Immantenenti gli feci aprire la vena del braccio; il sangue che ne uscì in abbondanza fu di color piceo, ma scorrevole ; feci applicare una corona di circa trenta sanguisughe allo stomaco, e dare internamente neve *ad libitum.*

Ad ore 3 *di notte* il polso sinistro era percettibile, il vomito cessato col sudore viscoso, il resto come nelle ore 22; le orine erano già soppresse, essendone seguito gran peso alla vessica. M' imponeva però il raffreddore ; e perciò ordinai il bagno di Aceto a vapore riferito dal ¡Raiman, dopo di che lo feci avvolgere tra' panni di lana, e nel corso della notte in cui sudò due camice, lo feci abbeverare di decozione di Orzo zuccherato.

Nel giorno 2. di malattia *ad ore* 11 trovai molto deterioramento, aspetto cadaverico, cardialgia insoffribile, crampi più tormentosi, e frequenti , massima irrequietezza , algidismo completissimo.

Si devenne all' uso del bagno freddo , dal quale il malato riportò marcabilissimo sollievo, anzi non voleva uscirne. Quindi gli ordinai quaranta acini di Radice d' Ippecacuana, presi dieci acini in ogni quarto di ora.

Ad ore 14 cacciò circa una libbra di bile oleosa , ma del colore del verderame diluto, nel di cui fondo trovai precipitato circa due once di un materiale somigliante al solfato di rame, con un lombrico.

Ad ore 16 crebbe la miglioria per un grado, ma l' infermo mi diceva così » Io prego Iddio e la Vergine benedetta che mi sbrigasse presto da tante pene e poi diceva » Morte dove sei ? »

Feci replicare il bagno freddo , ed in pari tempo ordinai l' applicazione di dieci mignatte sull' Epate. Sempre internamente si davano neve a pezzetti , limonee , acqua gelata , emulsioni ec. a seconda del gusto del malato.

Ad ore 22 era l' infermo alquanto riscaldato; polsi percettibili , crampi sopportabili , il resto come alle ore 14.

Ad ore 2 *di notte* Calore moderato per la cute , crampi 'cessati , i polsi superiori ondosi, e la cute vaporosa. Bagno freddo, limonee, fricaggioni a secco per le gambe.

Nel corso della notte pensai devenire all' uso delle Polveri antimoniali di James combinate al Mercurio [dolce, cioè della prima gr. xxx , della seconda gr. xij. in quattro pillole, somministrandosene una in ogni due ore, previo però altro salasso di una libbra di sangue. Si ottennero dieci camice di sudore profuso, e *putiente*. Le orine incominciarono ad incanalarsi , erano però dealbate.

Nel terzo giorno di malattia *ad ore* 12 l' infermo era assai migliorato ; lingua inpaniata , bocca amara. Mercurio dolce gr. xxv , polvere di scialappa grana x , clisteri malvati. Si ottenero quattro scarichi ventrali di bile porracea *putientissima* con tre lombrici , ed ascaridi : vi era però sete , e dolor di stomaco.

Ad ore 18 continuavano i su menzionati sintomi. Soluzione di Gomma Arabica collo Sciroppo di Altea.

Ad ore 2 *e mezza di notte* niuna miglioria. Nel corso della notte l'istesso trattamento, come nella precedente ; si ottenne altro sudore.

Nel quarto giorno *ad ore* 11 *e mezzo* continuava il peso allo stomaco; si devenne alla radice d'Ipecacuana nella dose di acini XXV. Si ottenne un vomito moderato , ma di bile verde , e filamentosa.

Ad ore 22 minorato il dolore di stomaco: limonee.

Ad ore 3 *notte* urine fluite liberamente ed abbondevolmente con sedimento.

Nel quinto giorno *ad ore* 11 dolore al fegato , sete , bocca amara, polsi pieni, e sollevati. Bagno freschetto , salasso di quindici once.

Ad ore 16 miglioria. Olio de' semi di Ricino 3j 1/2, Sciroppo di Altea 3j , che produsse scarichi innumerevoli di bile mista a scibali durissime.

Ad ore 22 quiescenza di tutt' i sintomi morbosi, ad eccezione della sete , e della bocca amara. Emulsioni di semi freddi.

Nel corso della notte riposo di cinque ore

Nel sesto giorno *ad ore* 11 desiderio di cibo , bocca amara. Altro emetico di Radice. Esito bilioso di poca quantità, di color naturale.

Ad ore 16 gli feci dare una tazza di brodo semplice ; dopo un clistere malvato.

Ad ore 23 il malato avea fame. Nel corso della notte gli feci dare limonee con molto zucchero. Riposò sette ore.

Nel settimo giorno *ad ore* 11 lo trovai in convalescenza, che trattai per circa venti giorni con zuppe, brodi, senza carne, senza pane asciutto. Diedi qualche frutto maturo. Ora gode perfettissima salute.

Riporterei molti altri casi pratici, ma per brevità ho creduto astenermene.

VII.

COLERA FULMINANTE, (*)

Cosa potrò enarrare del Colera fulminante? Pochissimi detti, o miei cari Colleghi, poichè già ne conoscete lo spaventevole quadro. Ma volete voi vedere quello che io ho visto quì in Rodi? Eccolo in Pasqua Piteo, donna di bello aspetto, di sanguigno temperamento, di anni quarantaquattro, e madre di più figli. Stava momenti prima in sua casa badando agli affari di famiglia (era però diarroica, e la sera precedente mangiò del pesce in umido) sente nell' atto il canto funebre de' Sacerdoti (che ne' primi giorni non erasi vietato), corre curiosa al palcone; vede il cadavere di un colerico che al sepolcro trasportavasi; si afflige con dolore; rientra in camera, ma più non si fida di mettere un passo, l' assale una vertigine, che tosto la stramazza sul suolo; orripila, vomita, va di corpo materiali aquei a dismisura; è già raffredata come il marmo. N' è intensa la sete; smania per li crampi che le rendono

(*) *Orrenda morte*

pesanti le gambe; il suo volto è cadaverizzato, e la cianosi è completissima, pur'anco nelle mani rugose], ed attratte: l'abbattimento è mortale; è completa l'afonia; i polsi aritmi. Nel giorno precedente erasi occupata a visitare parenti [colerici, ed era già colla diarrea, ma l'era mite.

Si è salassata, si è bagnata, si è strofinata Pasqua Pileo? Sì,..... ma all'invano.

Sentenza di morte inappellabile, e Colera fulminante, vale l'istessa cosa.

La sgraziata, dopo cinque ore d'inesplicabili tormenti, chiuse gli occhi al sonno eterno.

Osservazione.

La faccia de' colerici (di quelli di colera fulminante) non si può paragonare con quella descritta da Ippocrate!

La faccia Ippocratica è un bel ritratto in confronto di quella de' Colerici fulminati. Dessa ispira spavento, maraviglia, compassione.

I segni che additavano la sicura morte de' colerici sono i seguenti.

1. Quando si apriva la vena del malato, senza uscirne sangue, ad eccezione di poche gocce di picea consistenza, o di somigliante colore.

2. L'espressione » io mi sento come se un cerchio di ferro mi stringesse i fianchi »

3 L' altra » una palla durissima mi serpeggia per le gambe »

4. Quando alla soppressione dalle urine si rac-coppiavano il singhiozzo, e lo stiramento al testico-lo destro, o pure quando il solo singhiozzo rendeva-si insopportabile.

5. Il Letargo.

6. La cianosi completa col senso di vento negli orecchi.

7. Il dirsi » io mi sento bene »

8. La mancanza totale della visione nell' individuo nell' atto ché parla i suoi mali; o il peso insopportabile delle gambe.

9. Il vomito, o diarrea *di bile nera*.

VIII.

RIFLESSIONI SULLE CAGIONI, ED ALTRE CIRCOSTANZE

RIGUARDANTI IL COLERA.

Per disgrazia della nostra Professione, e della Umanità languente, noi Medici non ci troviamo mai d'accordo nel trattamento delle nostre cose, e con ragione poi i dotti, i semi-dotti, ed anche il volgo ignaro ci spediscono la patente d'impostori. Di fatti nell' atto uno di noi si occupa con amore e fatica a medicare un infermo colpito da morbo grave e complicato, e Dio sa quanto pratica per conoscere di esso la vera causa, e 'l metodo curativo, eccone un altro, il quale senza sedersi vicino al letto del malato, precipitando i suoi giudizj, distrugge tutto l'edificio fatto dal suo Collega con danno notabilissimo di quel povero disgraziato. Miei Colleghi, ora parliamo tra noi, e non v' è persona che ci ascolti. Non è forsi la verità quella io dico? Non sono i Medici que' che ne' consulti, dimenticando anco il principio di educazione, arrivano alla bassezza di raccontarsi delle villanie? Senza il di più!..... Non parlo poi degli scritti satirici che si regalano a vicenda, e nel mentre un Professore amico del simile avrà la premura di offrire una sua riflessione, derivata forsi da qualche bella osservazione ricavata da un morbo grave e complicato, questa sua bella osservazione viene motteggiata, e derisa; ed ecco perchè il più delle volte si perdono talune scoverte utili alla umanità per la medica perfidia, ed ignoranza. Miei cari, se non saremo profondi osservatori, se fra noi non sarà reciproco il rispetto, perenne l'amore per la fatica, e pel nostro simile, la medicina non farà mai i suoi progressi; e noi colpiamo a farle soffrire quella taccia che non merita in realtà.

Col fatto, per gli scritti del Colera si è incorso in questa disgrazia. Il Dot. Broussais scrisse che il *Cholera Morbus* consisteva nella infiammaggione di tutto il tubo alimentare. La disse *Gastro Enteritide*. Forsi non si è satirizzato quest'ottimo Medico? il quale dalla sezione de' cadaveri avea certamente appresa la Diatesi Colerica. Ma coloro che l'hanno sferzato, potevano anch'essi aprire i cadaveri prima, e scriverne poi il contrario.

Il Dot. Viola ha fatto menzione di taluni insetti alati, visti essere di color verde ad occhio armato, come quelli che trasmettono a noi il *Cholera Morbus*. Or bene, queste vedute del Sig. Viola han sofferto della censura, senza che i censori si fossero benignati replicare alle osservazioni del loro Collega. Forsi è del tutto impossibile che quegli insetti menzionati dal Medico in parola possano a noi communicare il Colera col loro semineo? La scabbia non è forsi una malattia cutanea prodotta dall' *Acarus exulcerans* di Linneo?

Allorchè predominava il Colera, se in tempo di notte si esponeva all' aria atmosferica un panno bianco, nel mattino si trovava tutto tinto di verde, simile a quel verde degl' insetti del Dot. Viola.

Quel verde del panno poteva derivare dall' ammasso di quegl' insetti alati?

Quì cade in acconcio l' enarrazione di un fatto accaduto a taluni Pescatori del mio Paese. (1)

Stavano essi ne' principj di Settembre al lido del mare vicino al fuoco a riscaldarsi verso le ore ventiquattro, quando videro dalla direzione di Ponente venirne una nube densa, e nera, la quale a guisa di un pallone si rotolava su di un cielo sereno (fu questa la loro espressione) Sorpresi i Pescatori, si misero in attenzione a mirarla, e videro ch' essa in un istante si divise in due porzioni, l' una prendea

----

(1) Il capo di essi nominavasi Raffaele Pericolo, che trapassò di Colera.

la direzione di Settentrione , l'altra quella di Rodi :
in arrivando quest'ultima porzione alla linea di
un canneto , su di cui era ricettato uno stuolo di passerelli, questi sbigottiti, e schiamazzando svolazzaro-
no. Dopo pochi giorni si ammala di Colera uno di
éssi, e muore, (1) e sviluppasi in Rodi il Colera Morbo.

Di più , in tempo del predominio coleroso , per
l'abitato, e per gli ameni giardini di Rodi, non sen-
tivansi, nè vedevansi uccelli di sorta alcuna , de' quali sempre si abbondava: essi sono ricomparsi, appena
cessata l' infermità.

Rifletto per poco al fatto de' Pescatori , e dico
esser troppo facile ad accadere che gl' insetti del Dot.
Viola possano trasmettere a noi il *Cholera Morbus*.
Forsi quella nube densa e nera, che ?si rotolava sul-
l' aria , che poi si divise , ed alla sua vista svolaz-
zarono i passarelli , non poteva forsi essere un ammasso di quegl' insetti , di cui si è parlato ?

Rifletto pure al fenomeno, come dissi, che non
si sentivano passerelli. Rifletto pur' anche all' istinto
che hanno le zanzare di seguir l'uomo ; ed io l'ho
verificato le mille volte sopra di me nel Bosco di Va-
rano , dal quale specialmente in tempo di Està mi
costringevano a fuggire, tanta era di esse la quantità , e la insolenza. E col fatto gl' insetti alati del Dot.
Viola sono di quella famiglia. Qui mi fermo , ed io
ho voluto sottomettere queste mie riflessioni, e fatti
veredici alla saggezza delle vostre menti, perchè pos-

____

(1) Il nipote di Raffaele Piccininno.

siate colla maturità della vostra esperienza dedurre quelle conseguenze, che risolvere una volta potrebbero il gran problema, se cioè il *Cholera - Morbus* sia, o pur no contagioso. Se però noi medici siamo discordanti in altro, non lo siamo certamente nell' assegnare le cause occasionali, e predisponenti del Colera. Replico anche io ció che altri hanno scritto su di questo articolo con qualche particolare mia riflessione.

La soppressione del traspirabile, specialmente in tempo di notte a cielo sereno.

L' insolazione meridiana.

Il vino, i liquori spiritosi, smodatamente bevuti.

La crapula, specialmente di vitto animale.

Il coito sforzato a stomaco pieno, ed a ventre stittico.

Le passioni di animo di ogni sorta, tutte sono valevoli cagioni pel morbo ferale, ed è su di quest' ultima, che io produco talune riflessioni ottenute dalla propria esperienza fatta su di me, su della mia desolata famiglia, e su di molte altre colpite da simile sventura.

Io divido le passioni deprimenti dell' animo in timore, afflizione senza dolore, afflizione con dolore. Il timore produce l' avviso del Colera, l' afflizione senza dolore la diarrea colerica, l' afflizione con dolore il Colera grave, o il fulminante. Vengo a' fatti.

Io medicava i Colerici senza il menomo timore del contagio, faceva dall' alba a sera le cento visite sino alle ore cinque, e sei della notte. Nel giorno 20 Settembre mi toccò spedire a morte otto Colerici di trenta che nel solo Borgo medicava. Ventidue ne guarirono, ma fu tanto il timore che io concepii di quegli otto, (tra' quali vi erano giovani floridi, e robusti, che il giorno innanzi attendevano agli affari di famiglia) che m'intesi nel momento stanco, e pieno di mal essere: nel giorno seguente mi avvisa il Colera: io non gli do ascolto, poichè l'amore del simile me lo vietava. Proseguiva lentamente le mie visite, quando intesi la morte di un mio strettissimo amico: mi afflissi senza però addolorarmene: nella seguente notte mi viene la diarrea, la quale mi abbatte, e mi sequestra in letto. L'afflizione della mia infermità produce alla mia sgraziata consorte la diarrea colerica, ma giorni prima ne aveva sofferta l'*avviso* pel timore del morbo che crassava nel paese. Mi tace peró, e nasconde queste sue indisposizioni, e ciò per assistermi affettuosamente. Nell'alba del quinto giorno del mio male, viene il Padre che era da undici giorni affetto da diarrea, assalito dal Colera fulminante, e le si dice di esser morto; corre la misera precipitosamente; lo mira disteso suol suolo; acerrimo dolore la colpisce, e gridando, ah Padre mio!..... 'gli cade sul petto, e con esso strettamente abbraciata gli spira sul viso. A questo spettacolo funestissimo, corre l'afflitta e la sconsolata sua Madre, già diarroica, si gitta sul Marito e su la Figlia, e tra' gemiti, e sospiri, con essi divide l'istessa amarissima sorte. Vidi distrutta la mia famiglia in un istante! Mi vidi sull'orlo del sepolcro', poichè anche io dopo poche ore fui colpito dal Colera grave; dal quale l'autore dell'Universo si è compiaciuto di liberarmi , forsi per la cura de' miei carissimi , e sei teneri figliuoli , i quali da me solamente ripetono la loro civile esistenza. Oh Divina Provvidenza !

Miei cari, è un fatto; il timore, l' afflizione senza dolore ; e l' afflizione con dolore producono i dimostrati effetti. Sperimentatelo bene , e rinverrete quanto sia veridico quello che ho scritto.

IX.

CIRCOSTANZE CHE FECERO AUMENTARE IL NUMERO DE' MALATI , E LA MORTE DI ESSI.

Il timore, il quale percuoteva i cuori di tutta la popolazione Rodiana, fu bastevole a moltiplicare a dismisura il numero de' Colerici , i quali non venivano assistiti se non dal solo Signor Mascis, mentre io , i Signori Maselli, e 'l collega Signor Angelicchio, che poi trapassò, eravamo infermi.

Ecco il Paese senza Medici , e senza Flebotomisti. (1) Dietro avviso telegrafico il non mai abbastanza lodato *Sig. Cav. Intendente Lotti* spedisce tosto tre istruiti Professori facienti parte degnamente della Commissione Sanitaria Centrale (2) con due abili salassatori , i quali con amore , e zelo indicibile si

---

(1) Il Dot. Angelicchio solamente salassava.

(2) Signori la Monaca, Raho, e Baculo.

occuparono pel bene della egra umanità. È inesternabile il sollievo che provò la mia Padria all' arrivo de' Medici in missione , come del pari è indicibile con quanta espansione di cuore essa fervide preci rivolse al Cielo onde impetrare da Dio la vera sanità , e prosperità di lunga serie di giorni per l' ottimo *Sig. Cav. Lotti* , Padre suo insieme , ed Intendente.

Traluceva frattanto un' evidente mitigazione nel morbo , quando si avvisarono i Cagnanesi di fare delle scorrerie per gli altrui tenimenti , e per lo corso di tre giorni impedire la provvenienza della neve , che sola dava refrigerio alle fauci disseccate degl' infelici Colerici ; e col fatto si contano circa trenta di essi infermi morti carbonizzati per mancanza della neve. (1) Nè valsero in sulle prime a rimuovere tanta barbarie le replicate premure dell' egregio Sig. Sotto - Intendente Barone , il quale mise in campo tutta la sua efficacia , ed il suo potere per ridonar loro questo tanto desiato elemento , il quale appena ottenutosi da' sitibondi , e ristorati colerici , quante laudi non profusero alla prelodata Autorità. Essi , e tutti noi gli abbiamo benedetto , e benediciamo il sudore che ha sparso dalla sua fronte per la incessante attività spiegata nel farci prestamente pervenire il giornaliero sussidio.

---

(1) L' umanissimo galantomismo di Vico ne mandò qualche soma ; in contrario ne sarebbe cresciuta maggiormente la strage , però dietro le premure del Sig. Sotto - Intendente.

Era esso il nostro ristoro , e comunque noi afflitti e dal morbo che crassava, e dal cordone sanitario, pure c' incoraggiava al solo vederlo in ogni dì al rastello , offrendoci la sua protezione , e le sue paterne cure. Iddio per sempre lo possa felicitare !

Altra valevole circostanza per l' aumento della malattia fu la tumulazione di circa cento cadaveri de' colerici nelle sepolture delle congreghe nell' interno dell' abitato fatta in sulle prime , dalle quali usciva un miasma micidialissimo. Di fatti si è poi osservato che in quelle vicinanze il morbo ferale ha mietuto moltissime vittime.

Influirono pure le vicissitudini atmosferiche.

X.

TERMINAZIONE DEL COLERA.

Puole il *Cholera - Morbus* degenerare in altre malattie secondarie, come sarebbero il Tifo , la Disenteria , l' Epatide , la lenta nervosa complicata con vermini, (1) la febbre gastrica etc. Si è visto pure complicato a queste febbri , sempre conseguenza del Colera , un esantema proteiforme , ora assumendo la forma scarlatina , ora del milliare etc. ma sempre col tipo erratico.

____

(1) La complicazione verminosa non manca quasi mai quì in Rodi in tutte le malattie.

Non parlo del metodo curativo di queste malattie, poichè esso sarà sempre regolato dalla loro natura, come Voi, o miei Colleghi, profondamente conoscete.

XI.

CONVALESCENZA, E SUO METODO DI CURA.

.Colui che per mera sorte sará preservato dal Colera, e che a guisa di larva rimane in sulla terra, è il convalescente di colera. Ho detto, come una larva, e con ragione, mentre egli è consunto, ammiserito, stanco, pigro, ma sente una fame simile a quella del Lupo, nell'atto poi soffre ancora continui borborigmi, stitticbezza ventrale, e somma tetragine: serba desiderio di cose fresche, ed abborre il vino; (1) È sommamente sensibile; la notte dorme sonni interrotti, e sogna cose funeste, e bizzarre; sempre poi le orine sono abbondanti, e di color di paglia; e le gambe pesanti gli restano con edema.

S' incomincia a nudrire il convalescente con brodi sgrassati di pollo, ne' quali si fa bollire molto pressemolo, ed altro vegetale dell'istessa famiglia: la bevanda dev'essere di acqua pura, e fresca. Dopo pochi giorni, a'brodi così condizionati, si aggiunge il

------

(1) L' avversione al vino si è avverata in tutti i convalescenti, ad eccezione di qualche ubbriaco.

pane grattato, il quale dev'essere ben fermentato, fatto col sale , e non coll'acqua marina , la quale per contenere principj eterogenei non permette al lievito di farne a dovere la chimica fermentazione. (1) Proseguirà la sua bevanda di purissima acqua , e potrà mangiarsi qualche frutto maturo , come la pera etc.

La sera deve passarsi assolutamente incenato , ad onta che la fame sia risentita; potrà sostituirsi alla cena un sorbetto , una limonea , o pure un portogallo maturo asperso di zucchero.

Io ho parlato prima di semplici brodi magri , poi di questi col pane grattato , per cui si guardi bene il convalescente di far uso di carne qualunque, di vino , di liquori spiritosi , e di ogni alimento che di bel nuovo potrebbe riaccendere l'infiammo degl'intestini , i quali restano sensibilissimi, e predisposti alla malattia di cui tengo proposito. Il caffè tenue si puole accordare a coloro che vi sono abituati.

.Gradatamente poi si diviene al riso ben cotto , alla minestrina verde , ed altre zuppe.

Nel corso della convalescenza , quante volte si avvertano de' borborigmi addominali, riesce utile qualche lieve purgativo o di Mercurio dolce , o di Polpa di Cassia.

Si deve incominciare a far uso della carne , e

---

(1) In molti paesi marittimi mettono nel pane l'acqua marina , e perciò è pesante, e crudo.

delle pastine allora quando i borborigmi siano inte-
ramente cessati , e quando il ritmo degl' intestini sia-
si perfettamente riequilibrato, ed in quel tempo si potrà bere un poco di vino misto con acqua : che se
la carne , le pastine, il vino si vogliano introdurre
nello stomaco , quando le funzioni digestive non si
sono riordinate, la recidiva non manca, o di colera,
o di febbre gastrica pericolosa. È d' uopo che il convalescente istesso serbi calma nello spirito , e cautela
somma nel traspirabile.

XII.

MODO DA CONTENERSI DURANTE IL COLERA , ONDE ALLA MEGLIO PRESERVARSENE.

Alzandosi di letto nel mattino , è prudenza di non
mettere i piedi denudati sul pavimento , specialmente
in tempo d' inverno.

Procurare di non uscire di casa prima del soli-
to , e se per affari si è necessitato a farlo , conviene,
oltre al caminare a passo lento , praticare la massima attenzione nel vestire , senza omettere esser cosa
utilissima l' uso delle calzette di lana a nuda carne.
Il possidente potrà indossare l' abito intiero di flanel-
la , anche a carne nuda.

Non uscire mai a stomaco digiuno fuori casa ,
potendo servirsi di un crostino inzuppato nel caffè ,
o pure al punchs.

A mezzodì conviene mangiar zuppe , buoni risì, o pure minestrine di vegetali cotti ne' buoni brodi, senza abusare di quella carne gia bollita. (1) Il vino deve onninamente proscriversi dalla mensa, ed invece deve farsi uso di acque pure gelate.

I ligumi possono usarsi moderatamente, essendo peró di buona qualitá, e badando a cuocerli in acqua pura, ed a condirli con olio eccellente.

Il pesce di mare in arrosto, o bollito non è da sprezzarsi.

Nelle ore serotine per cena riescono salutari le limonee, in cui si possono bagnare de' crostini.

Non debbonsi far visite a colerici, e ciò per evitare le afflizioni di animo, le quali sono cagioni primordiali che favoriscono lo sviluppo del morbo, anzi deesi procurare di unirsi con amici sinceri (se ve ne sono) co' quali potersi passare qualche ora nell'allegria, onde saper bravare il timore della malattia.

Conviene finalmente tener lubrico il ventre, e colla sobrietà, e con qualche mite purgativo, preso almeno una volta la settimana.

Durante il colera io, o miei cari Colleghi, non ho fatto uso di precauzione alcuna in visitando i colerici; anzi posso assicurarvi che l'appressarmi a que' malati era per me indifferente (2) nè mi faceva

---

(1) Le minestre verdi possono ancora condirsi con buon olio crudo.

(2) I miei colleghi di Rodi, e quelli di Foggia in missione serbavano l'istessa fermezza di animo.

timore l'idea del contagio. Ne' primi giorni, soleva portare in tasca un pezzetto di canfora, ed una piccola bottiglia di aceto de' quattro ladri, ma poi ho dovuto proscriverli, perchè mi producevano il dolor di capo.

Avrei dovuto vestire l'abito d'incerata colla maschera etc. ma non mel permise un luogo deficiente di tali tessuti, sebbene io sia persuaso che in allora ne sarebbero morti più pel timore della vista orrorosa del Medico, che del colera.

Conchiudo, che l'idea di contagio sia bandita dalla mia mente, e che fintanto che l'uomo serbi moderazione nel vitto, cautela nel traspirabile, e fortezza nell'animo, non mai sarà attaccato dal *Cholera - Morbus*.

XIII.

QUADRO SPETTACOLOSO E DESOLANTE DI

RODI DURANTE IL COLERA.

Di mortale squallore era coverto il volto di tutti gli abitanti, i quali come dementi si aggiravano per le piazze spopolate, in cui si vedevano chiusi i fondaci, e le botteghe tutte de' venditori de' commestibili e degli artigiani. Il saluto, che l'uno porgeva all'altro era il dire » io mi congratulo che vivo or ti rivegga, dunque » un abbraccio, forsi domani più non vivremo !.... ma mentre così dicevasi, scorrevano dagli occhi a guisa di fiume le lagrime !..... ed ogni cittadino appena vedeva sorgere l'aurora del giorno vegnente, ringraziava l'Altissimo, che concesso gli avea una tal grazia. In una strada poi s' incontravano vergini scarmigliate che ne givano al Tempio Sagro, onde implorare da Dio la salvezza de' loro parenti; nell' altra vedeasi una vidua desolata, ed inconsolabile, che seguita da molti teneri figliuoli ritornava dal sepolcro, ove già era deposto il cadavere del suo carissimo marito; in quell'angolo del paese si miravano degli orfanelli smarriti, i quali privi de'loro amati genitori chiedevano ad altri del pane per satollarsi; in quell'altro poi si udivano i pianti amarissimi del marito affettuoso, che deplorava la perdita della sua già spirata consorte. Da quel palcone guardavasi una sorella sbigottita, che l'ajuto invocava del suo amato germano, ma questi fuggiva per tema di contagiarsi; da quel sottano ne usciva un vecchio venerando chiedendo il soccorso dell' umanità, perchè dal suo tugurio rilevati si fossero due suoi figli già estinti, i quali poche ore prima dato gli avevano un brodo, onde sostentare la sua canizia. Nel trambusto lagrimevole di tanta sciagura qual cuore non dovea restarne afflitto, ed addolorato? Il santissimo Viatico intanto dall'alba sino a sera, da questa sino a quella, sempre girava per le abitazioni degl' infermi, ed era tanta la costernazione de' Rodiani, che ognuno, ancorchè non colerico, pure si muniva di sagramenti, poichè era in forsi pel vivere del domani. Ma piano, o miei cari, non ancora ho compiuto il mio assunto: da quella via sentivasi il bisbiglio di una pattuglia di gendarmi, e preposti che inseguiva quei facchini, i quali abbandonati avevano in mezzo alle pubbliche vie i cadaveri de' colerici , e forsi de' loro più cari amici: in quella piazza giaceva un coleroso che l'ajuto implorava , ed il soccorso dal simile, ma questi non corrispondeva , e sordo fingevasi. Ma chi eran coloro che prestamente accorrevano a sollevare quell'infelice? Erano solamente il Medico, e 'l Sacerdote , che con cristiana carità rimedj gli apprestavano salutari , e per l'anima, e pel corpo. Dunque tu , o Santa Religione, dunque tu , o Medicina , il conforto formaste dell'egra , e langnente Rodiana Popolazione ? Sì, Voi sole in Rodi , e nel Mondo tutto, gloriatevi di tanta opera , e per sempre.

In somma que' giorni memorandi , e lagrimevoli erano giorni di lutto, di desolazione, e di lamenti.

Al fosco Cielo di un giorno luttuoso succedea ben tosto la cupa notte, che altro non offriva se non orrore , e spavento , il quale lentamente gravava l'animo del mesto popolo a misura che il Sole si affondava nelle occidentali maremme. Il gufo nottiludio non più spargeva per l'aere le solite sue mal augurate cantilene , nè il latrato si udiva del cane , nè l'oral canto del gallo. Un silenzio scoraggiante additava a' depressi miei concittadini i colpi replicati del pesante martello di stanco artefice che su i feretri de' trapassati si vibrano. In sito più oltre la mesta voce si udiva del buon Sacerdote, che all'egro moribondo porgeva il ricordo estremo. Da quel palaggio poi uscir si vedeva il fido servo sospirante, che con ismorta fiaccola accompagnava l'esangue cadavere del suo caro padrone. E qual altro spettacolo a veder restavasi dagl' infelici miei compaesani, quello forsi che il padre istesso indossasse a stento i figli suoi già periti, ed al sepolcro li menasse ? Si: questo spettacolo si è visto ancora. Se Nerone con tutta la sua barbarie avesse in Rodi soggiornato, sì, Nerone istesso avrebbe pianto!

Era pure commovente il vedersi le centinaja di poveri, tutti raccolti presso l'atrio della casa comunale onde fruire de' soccorsi, de' quali era largo il provvido nostro Governo, e sollecito colui che presiede alle cose pubbliche nella Provincia. Era del pari toccante il vedere in quale aspettativa si metteva l'afflitto popolo Rodiano allor che la Commessione Sanitaria si conferiva al rastello dal Sotto - Intendente chiamata; ed era poi commoventissimo lo sguardare con quanto zelo, ed amor paterno accorreva a' giornalieri nostri bisogni l'Autorità prelodata, dappoichè sprez_zava la pioggia dirotta, il fischiante borrea, e 'l cocente Sole meridiano. È degno di rimarco pur' anche il suo maturo pensamento a non coartare la volontà delle famiglie emigrate da Rodi a farle rientrare di bel nuovo in patria, poichè lor detto avrebbe « itene a morire » !.... Che anzi qual padre di esse, nell' atto con premura le faceva dagli urbani custodire ne' particolari casini di campagna per garantire la pubblica salute, personalmente poi presso le stesse si conferiva, onde nulla mancasse al loro giornaliero sostentamento. Taccio poi le lagrime versate dagli occhi suoi sulle nostre rovine.

Cagionava pure un grandissimo avvilimento la

fuga di tante famiglie di galantuomini , e negozian-
ti; ma quello che più scoraggiava lo spirito il più for-
te , era la fuga de' Ministri del Santuario. Si con-
tavano nel Clero di Rodi circa trenta Sacerdoti ,
de' quali , tranne quattro trapassati di colera , ed altri
fuggiti , pochissimi furono quelli che col vero apo-
stolico zelo , e con carità veramente cristiana si get-
tarono in mezzo a' colerici, sprezzando il pericolo della propria esistenza sì di notte , che di giorno ; e fu
sorprendente l'ammirare la di loro religiosa fermezza , allorchè si davano i casi di dover raccorre colle
mani la particola consagrata, che mista nella bile dagl' infermi si vomitava. Iddio però ha lor premiati col
serbarli illesi da ogni sinistro evento, e l'impareggiabile
Monsignor Arcivescovo di Manfredonia Sig. D. Vitan-
gelo Salvemini con equità senza pari li à pure ri-
munerati , elevando a posti dignitosi que' , che spar-
sero sudori in soccorso della umanità languente.

Quì è d'uopo, o miei cari Colleghi, che io dia
tregua alle luttuose sembianze, che afflissero la mia
cara Patria, e deggio praticarlo, mentre i vostri cuori sensibili già già ne deplorano le ricordose sventu-
re, e conchiudo col dire che ci volle colpire la mano dell' Onnipossente Nume.

Rodi 15 Novembre 1836.

Dot. Carlantonio Rossi.